ENVIE D'AMOUR

CÉCILE BEAUVOIR

ENVIE D'AMOUR

LES ÉDITIONS DE MINUIT

L'ÉDITION ORIGINALE DE CET OUVRAGE A ÉTÉ TIRÉE À VINGT-CINQ EXEMPLAIRES SUR VERGÉ DES PAPETERIES DE VIZILLE, NUMÉROTÉS DE 1 À 25 PLUS SEPT EXEMPLAIRES HORS COMMERCE NUMÉROTÉS DE H.-C. I À H.-C. VII

7, rue Bernard-Palissy, 75006 Paris

www.leseditionsdeminuit.fr

ISBN 2-7073-1797-7

To see a world in a grain of sand
and a heaven in a wild flower :
hold infinity in the palm of your hand
and eternity in an hour.

William Blake,
Auguries of Innocence

LAINE ET TRICOT

Elle rangeait les aiguilles et les pelotes dans un étui de plastique rouge, allongé, avec une fermeture Eclair et une poignée blanche sur le côté. Pour tricoter, elle s'asseyait sur le canapé, du côté droit, près de la fenêtre ; l'étui était par terre, entre l'accoudoir et le porte-revues. Elle faisait des débardeurs, des pull-overs, des gilets. Le centimètre à portée de main, le magazine de couture roulé dans l'étui. Quand elle avait assez tricoté, le soir, devant la télévision, elle enduisait de crème ses mains abîmées par les produits de coiffure. Je me souviens de cette odeur, un mélange de Javel – pour enlever les taches des colorants –, et d'amande douce. Le tube de crème vert, ses mains qui se tordaient, se massaient, ses ongles tachés.

Tous les dimanches matins, dans la cuisine, elle se mettait du vernis rouge, juste avant de partir chez la marraine. Le geste sûr, elle l'appliquait rapidement, agitait ses mains pour le faire sécher, et nous montions dans la voiture.

Dans la baignoire, il nous arrivait de rester toutes les trois, avec ma sœur, un long moment. C'était une petite baignoire carrée, profonde ; nous devions remonter les genoux sous le cou. C'était très rare, les bains ensemble, mais très drôle. Elle prenait l'accent anglais et nous racontait des histoires de gentleman farmer. Elle était incollable sur les têtes couronnées d'Angleterre et d'ailleurs. *Point de vue, Images du monde* chaque semaine. Il faisait chaud dans la salle de bains minuscule.

D'autres fois, elle nous sortait toute sa boîte à bijoux sur le lit. Ce bracelet était à mémé, celui-ci à la marraine. On les essayait, ma sœur et moi, puis tout retournait dans la boîte rouge, entre les foulards et les sacs à mains. L'armoire embaumait.

Aujourd'hui, c'est mon anniversaire. Hier après-midi, elle est montée dans sa chambre, en a descendu une veste en laine bleu pétrole, tricotée plus de vingt ans auparavant, qui dormait dans son armoire. Elle me l'a offerte. C'est mon plus beau cadeau d'anniversaire. Il est doux, il tient chaud. Il est bleu. C'est le cadeau des heures dans la baignoire, des moments passés à lire, à côté d'elle, pendant qu'elle tricotait, sur le canapé. C'est le plus beau cadeau de ma vie. C'est ma mère retrouvée.

LE VIEUX GILET

En cherchant un pantalon pour aller marcher, j'ai retrouvé le gilet au fond de mon armoire. Gris, avec une fermeture Eclair, un col montant, un peu fatigué. Le gilet de Vincent. Je n'ai jamais voulu m'en séparer. J'ai jeté ou brûlé des tas de lettres, de petits mots, de cartes, mais le gilet est toujours là. Avant, je le portais pour écrire, la fermeture remontée jusqu'en haut, les manches retournées. C'est drôle, ce gilet n'est même pas doux ; il tient chaud, mais sans plus ; il est usé, assez quelconque. Chaque fois que je le mettais, je me disais que c'était la dernière, que j'allais le donner. Remonter sa fermeture Eclair, c'était refermer son corps autour du mien, glisser encore dans ses bras, le sentir autour de moi, comme quand j'écrivais à la table de la salle à manger et qu'il venait s'asseoir derrière moi, sur la chaise, ses bras serrés autour de mon ventre. On restait ainsi de longs moments. Quelquefois, j'arrivais à continuer à écrire, paisible, dans la chaleur de son corps. D'autres fois, ses mains me caressaient les seins, les bras, les mains, le ventre, sa bouche me mordait la nuque ; je me retournais et nous faisions l'amour.

Il me l'a donné très vite, tout au début de notre relation. Il le portait souvent à cette époque-là et j'aimais son air un peu voyou, avec ses tee-shirts noirs et ses Docks usées. Un jour où je l'avais pris pour descendre acheter du pain en vitesse, il m'en a fait cadeau. A la maison, dès que je rentrais, je quittais la veste de mon tailleur pour enfiler le vieux gilet. J'aimais ce contraste. Je changeais de peau pour entrer dans la sienne, dans son monde à lui, dans notre univers secret. Une fois la porte de l'appartement refermé, il n'y avait que nous. Nous deux. Le gilet refermé sur moi, c'était ça. Les autres, le monde du dehors ne m'atteignaient plus : il me protégeait de tout – y compris de moi-même.

Longtemps après notre séparation, je le portais encore, dès que j'arrivais à la maison. C'était mon abri dans ma solitude. Une chaleur un peu rêche, un rempart fatigué et mou autour de mon corps. Gris, usé, bouloché. Plus personne derrière moi quand j'écrivais, plus de mains, de douceur, de chaleur – plus ses mains, sa douceur, sa chaleur. La solitude.

J'ai mis longtemps à me désaccoutumer du gilet : j'essayais, un jour, deux... j'en portais un autre – le mien – plus chaud, plus doux pourtant, mais qui ne me réchauffait pas. Il n'avait pas de bras, d'odeur, de mains, de vie ; il ne m'abritait de rien. Un jour, deux... et je remettais celui de Vincent.

Puis je me suis réhabituée à la solitude, lentement : à ne plus penser aux caresses, aux soupirs, aux bras, aux mains, à l'abri de son corps. Je me suis refait ma propre chaleur. Lentement. Et j'ai laissé le gilet au fond de l'armoire, sous une pile de linge, pour ne pas être tentée, au cas où je l'apercevrais.

En cherchant le pantalon ce matin, je l'ai frôlé. Instantanément, je l'ai reconnu. Je ne voyais presque rien, l'ampoule de ma chambre n'éclaire pas grand-chose. Vite, j'ai sorti le pantalon et suis partie pour une grande randonnée – seule, comme d'habitude. J'aime marcher quand il fait froid et sec comme aujourd'hui, monter les chemins de terre ravinés pour m'enfoncer ensuite dans les sous-bois. J'aime les sentiers, les murets de pierres plates, la mousse sur les rochers, les tapis de lierre. Et le silence. J'aime me lever très tôt pour méditer devant la fenêtre ouverte dans le gros pull bleu, les yeux fermés, sentir la fraîcheur et la paix du matin couler lentement tout le long de mon corps et me laver, et emporter tout, très loin, pour ne laisser que la lumière. Je reste ainsi, dans cette clarté qui me remplit, avec le chat sur les jambes.

Aujourd'hui, seule dans la campagne, je me sentais remplie et légère, enfin. Je me suis sentie vide si longtemps. Jusqu'à l'écœurement. Petite, je me gavais de pain. Puis vinrent les livres. Cela a duré très longtemps. Presque aussi longtemps que la fuite dans le regard des hommes.

Je me suis perdue dans les yeux de Vincent. Ils me donnaient vie, chaque matin. Je n'ouvrais les yeux que pour les plonger dans les siens, follement. Ses yeux, ses mains me façonnaient, me modelaient, me créaient autre. Différente et pleine, enfin. Un après-midi, dans le Cantal, nous nous sommes épousés sous le gui, dans la neige, le froid et le silence. Un premier janvier – un beau jour pour se marier. Dans la chambre de la Bastide, sous le toit, il n'y avait que lui et moi, et le carré de ciel au-dessus de nous. Au milieu de la foule aussi, nous nous sommes épousés : à Istanbul, dans un défilé de moustaches et de parapluies. Il pleuvait sur le Bosphore. Les marchands vendaient du poisson grillé, les voitures klaxonnaient, les passants se hâtaient. Des enfants ciraient des chaussures, des grands-pères vendaient des lacets, d'autres des petits pains au sésame. Dans le Grand Bazar, nous nous sommes arrêtés pour prendre un thé à la pomme. Le patron ressemblait à Paul Auster ; nous avons parlé avec lui, en anglais. Je lui ai dit qu'il me rappelait un auteur américain, plein de charme. Il a ri. J'aimais bien les cigarettes turques ; j'en ai fumé beaucoup. Vincent m'a demandé si je voulais l'épouser et j'ai dit oui, au milieu du Grand Bazar. Dans la chambre d'hôtel, le soir, je pleurais. Nous ne sommes pas ressortis ce soir-là. Par la fenêtre ouverte, on entendait la musique de la ville. Il faisait noir dans la chambre, mais je voyais son regard. Tout le temps.

Nous devions partir : le Sahara, la Norvège, l'Ecosse. Nous n'y sommes pas allés. Nous sommes allés partout. Et nulle part. Mais très loin. Nous nous sommes épousés des dizaines de fois. Des dizaines de fois, j'ai dit oui, je suis à toi. Dans des lits d'herbes hautes, sous la pluie, dans des ruelles, dans le soleil, sur des sentiers. J'ai dit oui. Et je suis morte. J'ai tué une femme, une autre. Le jour où j'ai rencontré Vincent Torres, contrebassiste, à un vernissage où je ne voulais pas rester, j'avais décidé de mourir.

Et de naître aussi.

COULEUR BLEU NUIT

Vincent Torres referme l'étui de sa contrebasse. Il est presque deux heures du matin. Il est content de lui, son groupe a bien joué ce soir. Hermano commence à avoir une petite notoriété locale : jazz, rock, quelques compositions. *La Brocante matrimoniale* plaît beaucoup. Les paroles sont de lui, il s'est mis à l'écriture, il y a quelques années de cela maintenant.

Il charge Desdémone avec précaution dans sa voiture – elle a cent vingt ans, quelques accrocs, un air fatigué, mais elle sonne merveilleusement. Profonde, chaude, sublime. Il ne l'a jamais quittée. Il salue les autres musiciens, non je ne reste pas ce soir, à mardi à la répèt' !

Sur la route, un lapin détale dans un buisson ;

un peu plus loin, c'est une biche qui traverse... c'était moins une ! Il aime ces rencontres nocturnes après les concerts, des clins d'œil de la nature. Souvent, il croise des figures – une nuit, Miguel, la cinquantaine lasse et passablement alcoolisée, dans un petit bar du vieux Clermont, avait longuement philosophé avec lui après le concert, avec *elle* aussi. Miguel voyait en elle le parfait exemple de la beauté transfigurée par l'amour, citant Shakespeare, *Le Songe d'une nuit d'été...* l'amoureux, le fou et le poète, seuls aptes à transcender la réalité.

Desdémone est vraiment lourde ; pourtant, il la porte avec toute la délicatesse d'un jeune époux jusqu'à son appartement, au troisième étage d'un immeuble art déco. On entre directement dans la pièce principale, avec son coin kitchenette, à peine éclairé par une petite fenêtre. La place de Desdémone est dans sa chambre, une pièce en arrondi, avec une très belle vue sur les toits de la ville. Il choisit un CD de Miles, *Kind of Blue*, bien dans l'humeur du soir. Il n'a pas sommeil du tout, se fait un thé vert. Pendant que l'eau chauffe dans la casserole cabossée, il vérifie l'état des jeunes pousses de lierre mises en pot le mois dernier : elles sont bien parties.

Merde, l'eau doit bouillir depuis un moment, il

n'en reste presque plus dans la casserole ! Il en rajoute, attend quelques instants près de la cuisinière – il l'a repeinte en vert et jaune, comme le frigo et la machine à laver. L'eau frémit, il la verse sur les feuilles de thé. Elle aussi adorait le thé vert. Est-ce avec elle qu'il en a bu pour la première fois ? Probablement. Il emporte sa tasse fumante dans la chambre, s'allonge sur le lit. C'est toujours la même housse de couette. La lampe de chevet éclaire à peine – il l'a bricolée lui-même : l'abat-jour est fait de feuilles de journaux arabes achetés lors de son voyage en Israël et en Palestine. Il aime bien Arafat, mais lui préfère un autre rebelle, le commandant Massoud. D'ailleurs, il a bien failli partir en Afghanistan le rejoindre, quand elle l'a quitté. Mais il est resté, il y avait la musique, les concerts.

Malgré le faible éclairage, de son lit, il voit la boîte à chaussures bleu foncé sur un rayonnage. Des dizaines de photos et de lettres d'elle. Il pose sa tasse de thé par terre et se tourne sur le dos. Tiens, une toile d'araignée au plafond.

Il s'est juré de ne plus jamais ouvrir cette boîte... il *doit* la jeter, mais il n'y arrive pas. Il *doit* l'oublier, mais il ne peut pas. Et puis, ses lettres, il les connaît par cœur...

... dans le Cantal, dans la neige et les sapins, un

premier janvier, sous le gui, nous nous sommes épousés. Il faisait très froid, la route était totalement effacée. Les montagnes autour résonnaient de silence et de paix. Dans une courbe, il était là, tout seul, un drôle d'arbre tout biscornu, avec des touffes de gui. Nous nous sommes arrêtés juste dessous, tu m'as pris la main et tu m'as demandé si je voulais bien t'épouser. Je t'ai dit oui et nous nous sommes embrassés. Un peu plus haut, dans un champ, il y avait une baignoire pleine de neige haute comme de la mousse : ça nous a fait rire. On a repris la route. Tu étais docteur Miam, j'étais madame Miette. Madame Miette se demandait pourquoi elle se sentait flotter sur un tapis de bulles de savon. Le très sérieux docteur Miam lui répondait qu'il était le seul à pouvoir la guérir... et tu me faisais « miam miam » dans l'oreille, en poussant des grognements. Et je riais, et je sentais des frissons tout le long de mon corps. Encore docteur Miam, encore, les symptômes reviennent.

Le soir, dans la petite chambre de la Bastide, sous le toit, nous regardions le ciel par le carré de la lucarne au-dessus du lit. Un carré d'étoiles au milieu des nuages, au milieu de la nuit, au milieu du froid. Tout contre toi, il faisait chaud et doux. Nous n'avons pas dormi. Il faisait si chaud et doux. Nous avons fait l'amour. Beaucoup. Et le lendemain encore. Nous sommes sortis l'après-midi : en arrivant au village, en bas, il faisait nuit. Nous avons acheté de la brioche et sommes entrés dans un café : des grands-pères rougeauds tapaient la belote en buvant du rouge limé. Nous avons pris du thé. Tu avais le bout du nez tout rouge. Tes yeux brillaient, tu me souriais. Il y a des après-midis comme ça, on se lève et tout est simple. Nous avons commandé un autre thé. Par la fenêtre, on apercevait les lumières de la Bastide, là-haut. Nous sommes remontés. Il y avait un grand feu dans la cheminée. Tout le monde nous attendait : les autres pensionnaires boudaient un peu. On avait l'air trop heureux, je crois. Il y avait un petit grand-père qui nous aimait bien. On a bu du champagne avec lui, il nous a dit que l'amour, ah, l'amour !... C'était un beau jour pour se marier, un premier janvier, dans la neige, le froid et le silence. Tu aimais le froid de l'hiver. Moi aussi. Le Cantal est si beau sous la neige. J'y reviens souvent. Dans la neige, le froid et le silence. Dans la petite chambre de la Bastide. Je suis tout contre toi. Il fait chaud et doux. Nous regardons le ciel étoilé. Et nous faisons l'amour. Et nous nous épousons.

Il doit oublier... quelques minettes lui font les yeux doux pendant les concerts, d'autres viennent lui parler, toutes rondeurs dehors, mais il s'en fout, il s'en fout totalement ! Baiser pour baiser ? ça n'a jamais été son truc de toute façon, alors... Il leur répond poliment, prétexte une prise à ranger, un ampli à réparer et file rapidement. Ses copains lui disent tiens, celle-ci, tu lui plais ou, ta barbe, ça leur rappelle sûrement Mingus... tu parles qu'elles connaissent Mingus, les minettes !... Mingus, LA référence... j'en suis bien loin avec mes petites « trouvailles » musicales, un amateur, je ne serai jamais que ça ! Il glisse deux oreillers sous sa tête, sirote son thé vert.

Il ne s'est jamais beaucoup aimé. Le temps des scarifications et autres tortures est révolu, mais il en porte encore quelques cicatrices. Elle les avait remarquées, bien sûr ; il lui avait alors expliqué les virées nocturnes dans les bois, le dégoût de soi, toutes ces horreurs. Ce soir-là, après l'avoir écouté en silence, elle lui avait raconté une histoire, l'histoire d'une femme qui se regarde dans un miroir...

Elle a les cheveux blancs. Nue, elle se regarde dans le miroir de la salle de bains. La main d'un homme est posée sur son sein gauche ; de l'autre, il lui caresse les cheveux. C'est une grande pièce bleu clair, la fenêtre donne sur le jardin. La baignoire ancienne repose sur le plancher brut. Un voile de coton habille la fenêtre, laissant entrevoir les branches d'un tilleul. Immobiles, ils se regardent dans le miroir. Ils ne parlent pas, ils se sourient. Leurs enfants sont descendus, la sieste est terminée. Ils sont venus passer quelques jours à la campagne. Sur la grande table de la cuisine, une tarte aux abricots les attend pour le goûter. Ils feront du thé, du café, il y aura de la limonade pour les petits-enfants. Pour le soir, terrine de tomates, avec des concombres, puis curry d'agneau. Et des fraises du jardin. Un Saint-Véran pour commencer, suivi d'un côteau du Languedoc rouge. Les filles adorent. Madeleine aura encore embelli et Maud aussi ; on pourra dîner dehors. Sur sa joue, la femme essuie une larme. Dans le miroir, elle demande : tu te souviens de cette histoire, une nuit de tempête ? Et l'homme lui sourit.

Son histoire terminée, elle pleurait. Lui aussi. Ils avaient fait l'amour très doucement, très tendrement ce soir-là, avec le souffle de la tempête au dehors.

Vincent serre la tasse très fort entre ses mains et la garde ainsi un long moment, immobile, les yeux fixés au plafond. Il doit être plus de trois heures et demie maintenant. Il se lève pour mettre un CD de Rabih Abou Khalil.

C'était au festival de jazz de Souillac, il pleuvait des cordes, nous courions sous le parapluie, dans les ruelles. L'eau ruisselait. J'avais les pieds trempés. Nous sommes enfin arrivés, dégoulinants, impatients. Rabih enchantait nos jours et nos nuits : nous dansions sur Rabih, nous faisions l'amour sur Rabih, nous pleurions sur Rabih. Le concert a commencé très fort, passionné, fougueux, délicat aussi. Longtemps après, dans la chambre d'hôtel, sa musique nous habitait encore. Tu essayais d'imiter le son du tuba de Michel Godard quand il s'envole. Toute sa finesse et sa puissance. Tu fredonnais l'air de *Happy Sheik*. Tu te sentais prince oriental, je crois. Nous n'arrivions pas à dormir. Tu m'as demandé si je voulais t'épouser, et je t'ai dit oui... oui à la musique du tuba, oui à la musique des fraises cueillies dans le jardin en plein été, oui à la musique de l'orage en plein juillet, les pieds qui font floc-floc dans les chaussures, oui à la musique du feu de bois, oui à la musique de l'huile d'olive dans la poêle, des filets de rougets, quelques tomates, oui à la musique de ton souffle à mon oreille, oui.

Encore une lettre qui revient, comme ça, tout doucement. Vincent finit son thé. Il sent ses mains très chaudes, brûlantes même. Lentement, il les passe sur son ventre, dans la forêt de son ventre... ton ventre est mon abri, mon repère, ma folie, ton ventre est mon secret, ton ventre est mon tombeau. Ces mots sont écrits en lui, au plus profond. Ses mains glissent sur son ventre, dans son pantalon, sur son sexe, remontent sur son ventre. Il défait ceinture et boutons. Lentement, les yeux fermés, il sent la chaleur de son sexe, tendu, gonflé, douloureux de désir. Il sent la chaleur de sa main, sa douceur, ses lèvres, sa langue. Et juste le plaisir.

Il reste ainsi un long moment puis se lève, prend une douche et se glisse, encore humide, sous la couette.

Il est presque cinq heures. Dehors, quelques voitures circulent. Les éboueurs vont bientôt passer. Encore une nuit, encore la fraîcheur du petit matin.

La fraîcheur de l'herbe verte en pleine nature, un jour de printemps. Il y avait des sauterelles, le champ était un peu en pente. L'herbe me chatouillait le dos, il faisait bon. On apercevait une ferme, plus bas. Un tracteur passait au loin. Tu m'as demandé si je voulais t'épouser et je t'ai dit oui. Un oui murmuré, un oui chanté, un oui crié. Infini. Dans un lit d'herbe. C'est le tracteur qui nous a réveillés, en passant derrière la haie. Le soir arrivait. Il y avait une sauterelle dans ta chemise, ma robe était toute froissée. Tu as enlevé les brins d'herbe dans mes cheveux, tu souriais...

Vincent jette un œil par la fenêtre, le jour est là. Il saute du lit, enfile quelques vêtements, saisit la boîte sur l'étagère, descend les escaliers en courant et rattrape le camion des éboueurs. Il regarde la machine happer et broyer la boîte couleur nuit puis disparaître au coin de la rue. Il marchera longtemps dans la ville pour se remplir de lumières, de bruits, d'odeurs, de cris. Pour se remplir de vie, avant la nuit.

SUMMER LOVE

Le chat joue avec les cartes et les photos étalées sur la table. Il aime venir près de moi quand je travaille, suivre le stylo qui court sur le papier en essayant de l'attraper, se coucher au milieu des livres, ou simplement s'endormir sur mes genoux.

Il fait chaud dans la pièce, je viens d'allumer un feu. Il neige. Sur la table, des photos – une rose ancienne, une fontaine éclairée par le soleil, sur une petite place, un pin immense, une pancarte : « Col de la Grande Limite, Alt. 515 m » ; des cartes – paysages provençaux, feuilles séchées et collées, fleurs ; un marque-page japonais ; la carte d'un restaurant de Montélimar avec un petit mot au verso ; une pierre, plate, orangée, douce, éclaboussée de noir ; des textes écrits pour lui, juste à la fin. Belle nature morte.

Il neige aujourd'hui, précisément le jour où je décide de plonger dans *Summer Love*.

Summer Love m'a été offert par Luc : une couverture de vélin gris, un peu jaunie, avec le titre encadré d'une frise en relief, légère, très fine, d'un rouge fané. Je ne sais rien de l'histoire de ce livre, sinon que Luc l'a acheté à Oxford alors qu'il y enseignait. Ce sont les poèmes d'un homme d'âge mûr à une jeune femme. Seules ses pages douces et veloutées pouvaient abriter les cartes et les photos de Luc, et le marque-page. La pierre, elle, est posée sur ma table de nuit. Quant à mes textes, ils dormaient au fond d'un tiroir, dans mon bureau. Depuis très longtemps. Pourquoi tout sortir ? Aujourd'hui ?

La neige apporte la réponse dans sa douce blancheur : le chapeau, la pipe, ma main dans la sienne sur le chemin du Paradis, dans la brume, tout est là, dans les flocons de neige, intact, pur, et si présent. Et si doux, toujours si doux. Il ne reste qu'à s'ouvrir à ce qui revient : la maison dans la Drôme, la promenade à la Grande Limite, avec les petits vieux assis sur leurs transats à écouter leur transistor au milieu de la forêt, l'obscurité du bureau à l'université, une petite chambre au premier étage d'une maison, avec deux lits et un violon dans son étui, un repas devant l'église, à Saint-Marcel, un je t'aime crié dans la chaleur d'une étreinte, des coups de téléphone tard, dans mon lit, des messages sur des répondeurs. Luc Jarnod et moi. Nous ne vieillirons pas ensemble. C'est ainsi. Ce n'est pas triste. C'est un espace qui s'ouvre en moi comme un morceau de ciel ou peut-être même juste un flocon de neige. Mais il est infini. Par la fenêtre, je regarde les pensées danser dans le vent froid, sous la neige. Le ciel est blanc, plein, lourd. Je plonge dans ces gros nuages et coule comme la neige tombe sur les toits d'en face, dense, ronde, épaisse. Je tournoie et flotte dans le vent pour fondre et glisser en grosses gouttes le long des vitres du salon...

Un café, un après-midi : le soleil, par la vitre, éclaire votre main qui tient la pipe, la fumée. Votre joue a la couleur, la douceur du sable, là, juste au bord de l'eau, où la mer laisse son empreinte. Votre œil fixe un point, là-bas, dans la neige. Il fait doux dans ce café.

J'observe votre profil, esquisse un portrait. La pipe, la fumée.

Nous partageons des mots, les goûtons, les savourons. Des silences aussi. L'amour ne se dit pas, je le dessine. Il vous ressemble. Le soleil sur la neige : une pluie d'étincelles. Il fait beau, il fait froid ; il fait doux dans ce café.

La pipe est là, sur mon bureau, posée à côté du portrait. Il fait froid ce soir, je vais faire du feu. Il neige à gros flocons : leur ouate enveloppe les souvenirs. La pipe est là, plus de fumée. Juste le feu dans la cheminée : la même pluie d'étincelles.

Demain, je vous apporterai des roses de Noël.

La chambre : petite.

Le lit, en entrant, à gauche. A côté, des étagères, des livres, vos poèmes, des photos – une fontaine à l'eau pure et limpide, une église romane. Plus loin, la fenêtre : voile blanc terni par les années, coton lourd et fané des rideaux. Un autre lit, petit, dessus, un violon dans son étui ouvert, des partitions. Sur le mur, fleurs, collines, paysages. Puis l'armoire, lourde, belle. Une table, un livre ouvert, un stylo. Il fait sombre, nous revenons d'une promenade, plus loin, plus haut, au Paradis. Vous me montrez des photos : nous irons là-bas, dans la Drôme. Voyez la tonnelle et la vigne vierge, nous serons bien dessous. Au-dessus du monde. Venez.

Je tourne l'interrupteur métallique. Je respire votre odeur. Je sens le goût amer et doux de la pipe sur vos lèvres. Leur douceur sur moi. Le drap de lin sent le frais. La douce humidité de votre bouche me parcourt et m'envahit. Lenteur. Délicieuse lenteur. Délectable torture de l'attente. Ma bouche vous rejoint et lentement, explore, enlace, accueille. Dans la moelleuse tiédeur du lit, nous nous trouvons.

Mêlés, dépouillés, vrais. Nous sommes.

Une petite boîte ronde, ouverte devant moi : j'y souffle les pensées les plus intimes, les sentiments indicibles – mon silence. Je referme la boîte de peur qu'il ne s'échappe et l'enveloppe d'une étoffe de soie d'un blanc aussi pur que ce qu'elle protège, et vous l'envoie au-dessus du carré de luzerne, à côté de votre maison, dans la Drôme.

Cadeau du ciel, le paquet descend lentement. Délicatement, vous le recueillez et l'observez à la lueur d'une bougie, sur la table écaillée, sous la tonnelle. C'est une nuit étoilée, la lune veille.

Au cœur de l'obscurité, vous faites glisser l'étoffe de soie.

Autour de la maison, tout se tait.

La boîte est là, devant vous. Vous la caressez, en sentez les contours, doucement, tendrement, en ôtez le couvercle : vapeur de sons, de gestes, d'odeurs, qui monte dans la nuit et vous dit la tendresse, et l'amour, et les larmes aussi.

Il fait chaud cet après-midi sous le soleil provençal : reposons-nous à l'ombre de ce pin magnifique. Allongés dans l'herbe. Autour de nous, des arbres protecteurs. Au-dessus, à travers les branches, le ciel d'été brûlé par le soleil.

Et vous, tout contre.

Au-dedans, une explosion de couleurs, un feu d'artifice, une éruption. Le barrage cède, les larmes coulent. Regardez, elles sont multicolores. Venez, sentez, touchez, respirez, goûtez : le bonheur, c'est cela. C'est avec vous, cet après-midi, au col de la Grande Limite.

La neige tombe encore. Les larmes coulent. Il fait nuit maintenant.

Je rassemble les cartes et les photos pour les glisser entre les pages douces du livre offert par Luc Jarnod, dans son bureau de l'université, un soir de pluie, dans la pénombre. Je prends la pierre ramassée au col de la Grande Limite et la repose sur ma table de nuit. Je referme la chemise bleue sur mes textes. *Summer Love* retrouve sa place dans la bibliothèque, à côté des poèmes de Blake.

Je sais que vous êtes là, près de moi, dans les flocons de la neige, dans le vent qui souffle aujourd'hui. Luc.

CONTEMPLATION

Comme tous les mardis à seize heures quinze, Luc Jarnod va donner son cours de littérature élisabéthaine. Aujourd'hui, il fait un peu frais : il porte sa veste de velours côtelé couleur châtaigne, son écharpe rouge et son feutre. Il mâchouille sa pipe – elle s'est éteinte, il la rallumera dans son bureau. Il coupe par le Jardin Lecoq, pour profiter des feuilles mortes et saluer son chêne préféré. Luc Jarnod est un contemplatif : la nature l'apaise et le rassure comme jadis les chansons de sa grand-mère, dans sa maison de la Drôme, pendant la guerre, ou les vers de Victor Hugo.

Il hésite à s'asseoir sur un banc avant de rejoindre l'effervescence des couloirs de l'université, consulte sa montre : il est déjà tard, il faut bien y aller... De rares promeneurs croisent sa silhouette élégante, remarquent son regard perdu dans la cime des arbres.

Son bureau est presque dans l'obscurité, déjà. Il allume la petite lampe à côté de la machine à écrire, pose son chapeau sur un fauteuil. Lentement, il accroche son écharpe et sa veste au portemanteau, enfile sa blouse blanche. Puis il fait ce geste machinal de tâter la poche droite de la blouse... oui, elle est bien là... il sourit, bourre sa pipe, l'allume et part en salle 211 où l'attendent, impatients, ses étudiants de maîtrise – les étudiantes, surtout, sensibles au charme de ses cheveux blancs et de son humour acide, qui boivent ses paroles, prêtes à choisir pour thème de mémoire le plus obscur des Puritains s'il les rapproche de monsieur Jarnod.

Le cours terminé, il regagne son bureau. L'auditoire était bien terne aujourd'hui. Une petite rousse au premier rang lui jetait pourtant des regards sans équivoque, mais il y a longtemps qu'il a cessé ces petits jeux-là. Sa lampe est restée allumée. Il songe qu'en plus de trente ans de carrière, il n'a changé l'ampoule qu'une fois. Il bourre une autre pipe, se cale dans le fauteuil. Sur les étagères, une Bible, les œuvres de Knox, d'autres livres, sans importance maintenant. Au-dessus, tous les mémoires de ses étudiants, sans intérêt. Le bureau métallique est un peu cabossé, deux fauteuils lui font face, deux vieux fauteuils de cuir – l'Université fut généreuse en son temps !

Deux fauteuils... il faisait aussi sombre qu'aujourd'hui, il pleuvait même... elle s'était assise là, dans celui de droite, la lampe éclairait son pied et la ligne de sa cheville, lui était resté assis derrière son bureau. C'était une rencontre informelle, elle n'était plus son étudiante depuis deux ou trois ans déjà.

Luc Jarnod porte à nouveau la main contre la poche droite de sa blouse. Il sourit, hésite, en sort une feuille pliée en huit, un peu froissée. Il la déplie lentement, la lisse de la main, à plat sur le bureau. Dans la lumière de la lampe, les mots semblent scintiller, à moins que ce ne soient les larmes qui roulent sur ses joues. Il reste ainsi un long moment, puis, lentement, replie la feuille, la glisse dans sa poche et reprend veste, écharpe et chapeau.

Le Jardin Lecoq a fermé ses portes, il doit longer le boulevard. De rares voitures circulent, trouant la pluie de leurs phares. Lentement, Luc Jarnod tourne la clef, pousse la porte. Il accroche sa veste et son écharpe au portemanteau, pose son chapeau trempé sur la table de la salle à manger et quitte ses chaussures. Il fait froid : il allume le poêle. Puis il ouvre la bouteille de gaz et se fait un œuf au plat. Du vieux buffet, il sort une assiette, un verre, des couverts – la vaisselle de son enfance. Il n'a touché à rien depuis que ses parents sont partis. Il n'a même pas donné le linge, les armoires sont pleines. Un œuf, un peu de pain, un morceau de cantal, un verre de vin. ça suffira.

Il s'allonge sur le canapé du salon, la tête sur un coussin. Il fait nuit maintenant. Il préfère ne pas allumer. Respirer l'odeur du coussin, du canapé, de la pièce. L'odeur de son enfance. Quelquefois, il monte ouvrir l'armoire de ses parents pour retrouver le parfum de lavande de sa mère, la douceur du bracelet-montre de son père. Il reste ainsi à regarder, à toucher, à respirer, un long moment. Puis il referme l'armoire en se disant qu'il faudra quand même donner tout ça. Le matin, vers dix heures, sa femme l'appelle, pour savoir si tout va bien. Sa vie à elle est bien remplie, elle occupe leur appartement rue Blatin, acheté à leur arrivée à Clermont, garde les petits-enfants. Il va la voir un jour sur deux. Il s'est installé chez ses parents à la mort de son père, quand sa mère est tombée malade. Il fallait bien quelqu'un pour veiller sur elle, et puis la vie conjugale... Sa mère est morte voilà six ans. Six ans qu'il vit dans la petite maison familiale, seul.

Dans l'obscurité, Luc Jarnod monte l'escalier,

entre dans sa chambre – la plus petite, à gauche. Il s'allonge sur le lit. Le lit de son enfance. Sous son oreiller, il prend doucement une feuille pliée en huit. Lentement, il la déplie sur sa poitrine : sous ses doigts, le papier est doux comme la peau d'une femme. Une jeune femme. Il le caresse, le sent, le respire. De la main, il se met à lire ses mots. Les yeux fermés, il *dit* ses mots :

Il fait sombre. Nous revenons d'une promenade, plus loin, plus haut, au Paradis. Vous me montrez des photos : nous irons là-bas, dans la Drôme. Voyez la tonnelle et la vigne vierge, nous serons bien dessous. Au-dessus du monde. Venez... Je tourne l'interrupteur métallique. Je respire votre odeur. Je sens le goût amer et doux de la pipe sur vos lèvres. Leur douceur sur moi. Le drap de lin sent le frais. La douce humidité de votre bouche me parcourt et m'envahit. Lenteur. Délicieuse lenteur. Délectable torture de l'attente. Ma bouche vous rejoint et lentement, explore, enlace, accueille. Dans la moelleuse tiédeur du lit, nous nous trouvons. Mêlés, dépouillés, vrais. Nous sommes.

Il retrouve la douceur... sa peau, ses cheveux, ses courbes. Il reste ainsi, tout contre elle, dans le noir de sa chambre et, très lentement, replie la feuille et la glisse sous sa chemise, tout contre sa peau. Demain, Luc Jarnod se lèvera très tôt, réveillé par la fraîcheur du petit matin. Il se sera endormi tout habillé, comme tant d'autres nuits. Puis il descendra dans la salle à manger. Dans le buffet, il prendra une vieille boîte à gâteaux remplie de feuilles pliées en huit. Il l'ouvrira, et doucement, les yeux fermés, en tirera une.

LIVRES ET MISES EN PLIS

En passant devant un salon de coiffure, j'ai aperçu une petite fille qui aidait sa mère à balayer les cheveux. Elle doit passer ses mercredis au salon, probablement. Il faisait nuit déjà, cinq heures et demie, six heures peut-être. Je rentrais à la maison après avoir marché dans le froid, longtemps, emmitouflée dans mon écharpe, le béret sur les oreilles. J'aime la ville le soir : les femmes resserrent leur col, le nez dans leur châle, les grands-pères réajustent leur casquette, on croise des hommes en long manteau, le nez rouge, les yeux qui brillent. Dans l'autobus, la joue contre la vitre, les jeunes filles rêvent à des inconnus. Les écoliers se hâtent, le violon dans son étui : c'est l'heure du conservatoire. Dans leur magasin, les commerçantes discutent avec une amie de passage.

En rentrant, j'ai fait du thé et l'image de la petite fille dans le salon m'est revenue, intacte. Les jours de froid comme aujourd'hui, le soir, quand il n'y avait plus personne, j'allais m'asseoir dans le salon de coiffure. Dans la pénombre, j'allumais un casque à mise en plis et me calais dessous, dans sa chaleur, en travers du fauteuil, avec un livre. Et j'étais bien, simplement bien. A l'abri, au chaud. Seule avec mon livre. Si une cliente arrivait, je repartais vite dans la salle à manger, juste à côté. Je revois parfaitement la petite fille un peu ronde, sur le fauteuil de skaï marron – celui du milieu – près de la vitrine, sous les casques à mise en plis noirs, assise à lire, les petites fleurs oranges et jaunes sur le papier peint marron, les paniers d'osier remplis de bigoudis, la lumière pâle des appliques murales, les posters des dernières permanentes, les peignoirs roses ou bleus pour les mises en plis et noirs pour les colorations, accrochés au portemanteau. Et la blouse de mon père, courte, d'un bleu délavé : dans la petite poche, à gauche, sur la poitrine, les peignes à queue pour les mises en plis et les crans plats. Dans les deux autres, plus grandes, des pinces neige, des filets à mise en plis, un paquet de cigarettes. Mon père a longtemps fumé en travaillant.

Je le vois, faisant un shampooing, la cigarette au coin de la bouche, recrachant la fumée vers le haut, pour ne pas gêner la cliente, prenant des inspirations courtes, rapides, assez fortes. J'entends son souffle.

Les plus anciennes le connaissaient depuis son plus jeune âge, en culottes courtes dans le salon de sa mère ; elles l'appelaient Christian et le tutoyaient. Lui seul savait faire les crans plats à l'ancienne, impeccables, les permanentes qui duraient des mois ou la couleur que personne ne pouvait imiter. Il leur appliquait aussi différentes mousses qui donnaient à leurs cheveux blancs des reflets bleutés, ou même violets. La main bien à plat, les doigts légèrement écartés, il plaçait des crans parfaits qu'il vaporisait ensuite de laque. Quelquefois, elles achetaient un filet pour la nuit, pour remplacer celui, trop usé, de l'année précédente, ou une capuche pour la pluie – des capuches en plastique transparent, avec de petits liens à attacher sous le cou, pliées dans de fines pochettes rouges ou noires.

Ce n'est pas dans le salon que je jouais à la marchande, même si je rendais parfois la monnaie, mais chez la marraine de ma mère, qui tenait une papeterie un peu plus loin, au cœur du Forez. Nous y allions tous les dimanches. Quand il faisait beau, on montait au jardin ramasser les haricots ou les tomates, on mettait des chapeaux de paille. J'ai retrouvé une photo de ma sœur et moi, accroupies devant les haricots, des chapeaux trop grands sur la tête, avec la marraine, plus haut, son chignon, sa robe et ses bas noirs, qui nous observe, la main sur les yeux pour se protéger du soleil. Toute de noir vêtue depuis la mort de son mari, elle ne quittait jamais son magasin, frottait toujours la cuisinière à charbon avec du papier journal, ramonait elle-même le conduit d'évacuation et ne fermait pas le dimanche. Quelquefois, alors qu'on dégustait sa merveilleuse tarte à la bouillie, la porte s'ouvrait : un gamin qui venait acheter des fraises Tagada ou des oursons au chocolat. Elle râlait, lançait un « ... sont enragés ces gosses... » et partait le servir. Après le repas, on jouait à la marchande sur sa vieille balance à tabac : ma sœur vendait des paquets de papier à cigarettes et j'ouvrais les grandes vitres qui abritaient les cahiers. La marraine n'en vendait guère et leur couverture était toute jaunie. J'aimais les sortir et les toucher ; ils avaient une odeur de poussière et de vieux. Une odeur de temps. Le temps ne passait pas chez la marraine : on venait tous les dimanches et rien ne bougeait, jamais. On retrouvait tout à sa place, exactement ; parfois de nouveaux bonbons, mais c'était rare. On mangeait – très bien, on allait au jardin chercher des fagots de bois que l'on rapportait dans la remorque ; quand il faisait beau, on restait au jardin ou on jouait sur le banc, devant le magasin, puis on allait au cimetière voir le tonton – le mari de la marraine. Le soir, en hiver, elle faisait de la soupe, et quand on repartait tous les quatre, il faisait nuit. Je me souviens parfaitement de ces dimanches soirs, cette impression quand je refermais la portière de la voiture. Je faisais coucou à la marraine derrière la porte du magasin et j'étais triste. C'était toujours triste les dimanches soirs. Sur la route du retour, je ne parlais pas, ma sœur dormait, la plupart du temps, et je regardais la nuit, et je pensais à la marraine derrière la porte : le magasin, les livres, la balance, la tarte à la bouillie, la purée de pommes de terre, la marraine, toujours un peu rêche, le lino vert qui rebiquait dans les coins, le bureau avec les vieux tampons, la photo du tonton, le rideau de séparation entre le magasin et la cuisine, les casseroles cabossées sur le poêle, les rognons et ris de veau au Madère, tout le monde autour de la table. Le temps qui s'arrête. Rien ne peut arriver, tout est bien.

Au salon, c'était différent : je ne pouvais pas jouer à la marchande. J'aidais parfois à dérouler une mise en plis, les jours d'affluence : je faisais très attention, retirant l'épingle avec précaution, reformant la boucle une fois le bigoudi retiré et, sous mes doigts, les cheveux étaient chauds, presque cartonnés. Puis je repartais dans la salle à manger finir mon livre. On m'envoyait aussi chercher du fixateur à permanente ou une boîte d'ampoules à la cave. Ma mère passait pour boire un verre d'eau, puis repartait. Mon père venait chercher un paquet de cigarettes, en allumait une, et j'étais de nouveau seule, sur le canapé, à lire. La cloison entre la salle à manger et le salon était très mince, si bien que j'entendais le bruit des séchoirs, le ronron des conversations. Tout ce bruit ne me gênait pas, au contraire. Je jouais rarement dans ma chambre, qui était trop loin, au fond. Il n'y faisait pas aussi chaud et on n'y entendait aucun bruit. Je ne jouais pas souvent, de toute façon. Très jeune, j'ai pris l'habitude d'aller me promener, seule. Je grimpais au Calvaire, par un chemin que je connaissais par cœur tant je l'avais monté avec mon grand-père, passais près du bois pour arriver aux Trois croix. Il me suffisait de rester là, à regarder le paysage, les montagnes, les forêts et, tout près, les croix du cimetière. Je faisais un petit signe à mon grand-père qui dormait là. Le plus souvent, je me promenais seule, une heure ou deux et rentrais me replonger dans un livre, sur le canapé.

Un jour, je suis montée dans la chambre de mes parents, il y avait beaucoup de monde au salon. Dans la table de nuit de mon père, j'ai trouvé un petit paquet de feuilles, tout au fond. D'une écriture soignée, penchée et régulière, il racontait l'histoire tragique d'un de ses copains de pension. J'ai pleuré en la lisant. Puis j'ai remis le paquet bien à sa place et suis redescendue. Je n'en ai pas parlé. Jamais. C'était un père rêvé, le père sensible et rêveur des vieilles photos, le père qui avait acheté tous ces livres à la couverture de cuir qui ne bougeaient plus des rayons que les jours de ménage, le jeune homme qui voulait devenir prêtre, le jeune homme à la fine moustache, à la coiffure lisse, aux cheveux bruns, aux yeux bleus et tristes de la photo chez ma grand-mère, le visage un peu penché, le sourire timide.

La coiffure n'avait pas changé : le même mouvement vers l'arrière, avec un cran léger vers la droite, juste quelques cheveux blancs, c'est tout. Les mêmes yeux, très bleus, peut-être encore plus tristes. La moustache un peu plus épaisse, légèrement grisonnante, c'est tout. C'est tout. Et juste tous ces livres qui ne sortent plus. Juste ça, et aussi des feuilles cachées au fond d'une table de nuit, que je suis la seule à avoir lues. Ma mère les connaît peut-être, je n'en sais rien, je ne lui ai pas demandé.

Des livres et des lettres cachés au fond d'un regard très bleu, très loin, sous des montagnes de bigoudis, de peignes, de pinces et de filets à mise en plis. Et qui surgissaient parfois, dans la courbe d'un cran, dans le reflet bleuté d'un cheveu blanc, dans l'œil d'une cliente satisfaite. C'est juste ça, tout ça, dans cette blouse bleu délavé, courte, avec trois poches, accrochée au portemanteau du salon et que je regarde, seule, assise sous le casque à mise en plis, un soir où il fait froid et déjà nuit.

LA PETITE BOÎTE DE VELOURS ROUGE

Il arrive avec un grand sac à la main, Victor. Et le sourire aux lèvres. Il dit bonjour à Paulette : elle aime avoir la primeur de ses baisers qui claquent sur les joues. Paulette ne se sent pas très bien aujourd'hui, son taux de diabète a encore monté. Elle n'a pas pu aller voir le chanteur, hier, à cause des vertiges. Et puis, de toute façon, il chantait trop fort, alors... les jeunes de maintenant, c'est plus pareil, ils chantent pas, ils braillent ! Qu'est-ce que vous m'avez apporté là ? Des livres, Paulette. La collection « Intimité », vous connaissez ? Ah, c'est pas des machins à l'eau de rose, ça ?... enfin, c'est écrit gros, alors... et puis, ça finit toujours par un mariage... merci bien Victor, c'est très gentil d'avoir pensé à moi, ça va me rappeler des souvenirs... alors Paulette part sur les chemins d'Etroussat avec Jeannot, son amoureux du Mayet, à ramasser des champignons, et le soir, ils dansent et valsent, au son de l'accordéon de Maurice, dans la grange, des nuits entières. Et puis il y a la guerre et tout ça, enfin, vous savez, quoi. C'est drôle la vie. Oui, c'est drôle : on est là, dans un fauteuil, à attendre que ça se passe, en lisant des romans à l'eau de rose... ah, vous savez, Victor, c'est vraiment drôle, on se demande ce qu'on fait là ! Vous en faites pas, Paulette, y'a encore des bons moments, va. Allez, c'est que j'ai d'autres personnes à voir, Paulette, je vous embrasse, à la semaine prochaine ! A la semaine prochaine, Victor, et merci encore.

Victor reprend son sac, son gros sac en plastique, bourré à craquer de livres, de cassettes, empilés par-dessus son magnétophone. Il l'apporte chez madame Laronde, chambre 267. Bonjour, madame, on valse aujourd'hui ? Il branche le magnéto au-dessus du lit, à côté de l'oxygène. Accordéon, musette, bourrée. Madame Laronde, aux anges, bat la mesure avec les bras. Forcément, elle ne peut plus se lever, alors... Heureusement, monsieur Victor est fidèle : il ne manque pas un seul jeudi, et il vient toujours avec son magnéto... comme dans l'temps, quand on allait danser avec mes sœurs, on enfourchait nos bicyclettes après la dernière lessive et puis, hop, direction le bal ! Ah, on en a fait de ces pas ! Eh oui, ça a bien changé tout ça ! On ne sait plus s'amuser comme avant, maintenant ! Oh, mais vous savez, je ne me plains pas, je peux encore lire, faire des mots croisés, écouter ma radio ! Et puis, j'ai monsieur Victor qui vient me voir, ça passe le temps, mes enfants sont loin, ils travaillent, ils ne peuvent pas venir. Vous savez ce que c'est, les enfants, la maison, ça fait beaucoup de choses ! Ma fille a de l'instruction,vous savez, elle est institutrice – elle s'en est fourré dans le crâne ! Elle a bien raison, moi, je n'ai fait que travailler toute ma vie, et pour en arriver où ? Dans ce lit ! Notez, si c'était à refaire, eh bien, je choisirais la même vie. Vous savez, c'est pas drôle pour les jeunes à l'heure actuelle : ils sont souvent malades, ils ont beaucoup de soucis, ils sont toujours fatigués, forcément, ils courent partout ! Nous, on n'arrêtait pas de travailler, mais c'était pas du tout la même fatigue... Oh, Victor, écoutez donc ! C'est *Le Dénicheur* ! La chanson préférée de mon défunt mari... « On l'appelait le dénicheur, il était rusé comme une fouine, c'était un gars qu'avait du cœur et qui dénichait des combines... ». Mais c'est que vous chantez drôlement bien, madame Laronde ! Tiens ! Voilà madame Mercadier ! ça va mieux ce genou ? Oh, vous savez, ça va toujours quand je vous vois, Victor ! Et madame Mercadier entame une valse avec son cavalier du jeudi – en pantoufles, ça glisse bien, et puis, Victor, il fait pas attention à ça, hein Victor ? Faites-lui passer quelques langues-de-chat, il doit avoir faim à force de tourner ! Il faut vous reposer, vous savez, elle va vous tuer !... Un jus de pomme, une langue-de-chat, Victor repart, son sac à la main. A la semaine prochaine monsieur Victor, et merci ! La porte s'entrouvre : j'avais presque oublié... un livre, pour vous.

Il est comme ça, Victor. Avant, il était facteur, il distribuait le courrier dans les hameaux, rendait service en faisant quelques courses pour l'un ou l'autre et repartait avec un poulet ou un pot de confiture. Il distribuait déjà de l'amour : il reconnaissait entre toutes l'enveloppe bleu clair – avec le cachet de Lyon – de l'amoureux de la fille du Jantou. Elle avait l'air si heureuse quand elle recevait ces lettres : une fois, elle lui avait même fait une grosse bise sur la joue tellement elle était contente ! Puis elle lui avait expliqué que son amoureux de Lyon voulait l'épouser. Les jeunes filles étaient rares autour du Mayet et la fille du Jantou, c'était un sacré brin de fille ! Un rayon de soleil dans la tournée de Victor, quand elle était là. Il le savait tout de suite, dès qu'il poussait la grille du jardin : si son vélo était adossé au mur de la grange, il la verrait. Sûrement encore en chemise de nuit, un peu ébouriffée, ses longs cheveux blonds qu'il aurait aimé peigner, brosser, caresser... elle serait assise au milieu du banc, face à la fenêtre, devant son bol de café au lait. Alors, Victor, c'est un jour bleu, aujourd'hui ? Ah... il aurait voulu les écrire lui-même, ces lettres bleu clair, il en aurait même posté une par jour pour voir son visage s'illuminer ainsi. Mais elle était folle amoureuse de ce blanc-bec de la ville, alors... c'était sans importance, il voulait juste son sourire, le sourire de ses yeux gris clair, de ses lèvres rosées, de ses joues bombées – un soleil.

Un jour, en poussant la grille, il avait aperçu son vélo : il savait que sa sacoche était vide, mais tant pis, il lui raconterait une histoire, comme ça, juste pour la faire rire. Le Jantou était dans l'étable, la porte de la cuisine était fermée. Il essaya de tourner la poignée un peu plus fort, et c'est alors qu'il la vit, par le carreau de la porte, allongée sur le sol. Il prit un gros caillou pour casser le carreau, tourna la clef à l'intérieur et tomba à genoux à côté de Jeanne. Il prit le visage de la jeune fille entre ses mains trop grandes et doucement, tout doucement, déposa un baiser sur sa joue. Puis il passa la main dans ses longs cheveux ébouriffés et y enfouit son visage. Elle sentait bon le savon, Jeanne. Il la porta délicatement sur la grande table de la cuisine. Une lettre bleu clair tomba de sa main. Alors seulement Victor alla chercher le Jantou.

Ce jour-là, Victor prit une grande décision. De toute façon, il ne lui restait que deux ans à faire aux PTT, alors... Le soir, chez lui, il préparait des dessins enfantins avec de vieux crayons de couleurs : des familles, des maisons, des châteaux, la campagne, qu'il distribuait ensuite aux mémés qui vivaient seules dans leur maison, oubliées de tous. Aux hommes, il donnait des catalogues de L'Outilleur parfait. Et surtout, il se rendait tous les jeudis à l'hôpital, pour visiter des malades.

Fidèle, Victor continue ses visites du jeudi... il n'en manque pas une. Il est à la retraite depuis quinze ans maintenant, l'hôpital est sa vraie famille. Il pousse la porte de madame Hervouet : elle est toujours dans le noir, allongée sur son lit, avec ses chaussures et son chapeau, elle reste toute la journée comme ça. Elle se lève seulement pour manger et retourne dans son lit. Sur sa table de nuit : rien. Aux murs : rien. Rien qu'elle, toute menue, recroquevillée dans son lit au milieu de la pièce. La venue de Victor lui arrache un sourire las. Elle s'assoit péniblement sur le lit, le chapeau ramené sur les yeux. Un feutre rouge, en forme de cloche, avec un foulard autour. Il lui va très bien. Une jolie robe à fleurs, avec une ceinture. Elle ne se souvient pas de son arrivée ici. Ça fait sûrement longtemps. A quoi bon compter le temps : il passe toujours trop vite quand on est jeune et pas assez quand on est ici. Avant ? Je travaillais. Où ? Quelle importance ? ! Ses yeux fixent Victor qui lui met de la musique. C'est du quadrille, n'est-ce pas ? Et Victor dit oui, en souriant. Il est comme ça. Il sourit à madame Laronde, il sourit à Paulette, il sourit à madame Mercadier, il sourit à madame Hervouet, il sourit à Jeanne aussi. Je suis fatiguée, Victor, vous reviendrez, n'est-ce pas ? Merci pour la visite. Madame Hervouet embrasse Victor sur les deux joues et s'allonge, son chapeau sur la tête. Vous éteindrez la lumière en partant.

Et Victor repart, son gros sac à la main, passe encore dans quelques chambres, distribue des romans d'amour à ceux qui peuvent encore lire. Quand il sort, il fait nuit. Tiens, il bruine. Ce soir, il fera du feu dans le poêle. Dans sa maison perdue dans les bois, après le potage et le saint-nectaire, il ressortira de sous son lit, dans une petite boîte de velours rouge, une mèche de cheveux blonds qu'il caressera avant de s'endormir, comme tous les soirs.

ET C'EST TOUT

Un après-midi de pluie, dans le vieux Clermont, j'ai cru voir passer sa silhouette fine et élancée dans un long manteau gris, devant le café où je m'étais arrêtée. Un instant, j'ai pensé que c'était elle, j'allais sortir et l'appeler... elle serait venue me rejoindre au chaud, dans le café, et nous aurions repris une conversation interrompue depuis longtemps. Depuis son départ pour l'Italie. Je n'ai pas compté les mois, ou plutôt les années maintenant, qui nous séparent, je sais seulement que nous ne nous reverrons pas. C'est sûr, et depuis le début. Nous devions nous croiser, nous aimer, c'est tout. C'est tout. Cela tient dans le souvenir d'une bague en argent, rectangulaire, sur des doigts très, très longs. Des cheveux fins, coupés court, légèrement bouclés, toujours décoiffés – ses doigts dedans. Des jupes longues, des pull-overs trop grands, les mailles tirées par le chaton. Un bouquet de roses offert dans un grand restaurant, un soir, par défi – le regard des autres sur nous. Un verre de gin, tard, dans un club du vieux Clermont, à danser, à parler, à rire. Le retour dans ma voiture. Elle s'endormait toujours, disait qu'on avait encore fumé trop de cigarettes, que j'avais beaucoup plu au grand type, au bar. Notre première rencontre, dans le bus, en revenant du lycée où nous enseignions toutes deux – littérature, tout de suite. Les passages de Baricco lus à haute voix, le soir, autour d'une poire Cartron, *Une Petite Robe de Fête* de Bobin, Le *Désert* de Le Clézio, et l'amour... Des soirées entières à parler amour, amants, folies, larmes, analyse, père, mère, absence, fuite, demande, image, séduction, regard.

Un dîner avec des amis artistes, le regard des hommes. Elle est belle, Italienne, elle plaît. Elle m'a plu, tout de suite. Ses grands gestes pour parler, ses mains longues et délicates, sa voix, son léger accent. Ses yeux, grands et bleus et mélancoliques. Les repas chez elle, toujours épiques, trop cuit, pas assez, Woody Allen dans *Annie Hall.* Notre voyage à Turin, toutes les deux, ses larmes dans le train – un homme. Elle va l'épouser, ils se sont fiancés. J'ai écrit pour elle, j'ai rêvé son corps long et mince contre le mien, nos mains enlacées, nos bouches unies. Un bouquet de trop.

Elle est partie, et c'est tout.

MA MAIN DANS SA POCHE

Ils ont poussé le cheval dans la vieille camionnette. Le traîneau de papier mâché était là ; derrière, un homme commençait à enlever les guirlandes rouge et or. Il faisait déjà nuit. Les rues de la ville étaient sales, il pleuvait. La neige du matin devenait gadoue. Les magasins clignotaient, les gens portaient leurs paquets, *Jingle Bells* dans les haut-parleurs. Sur une scène, sur la grand-place, d'énormes têtes de Mickey s'agitaient au son des génériques d'anciennes séries télé. Des familles les regardaient, visiblement ravies. Un SDF à genoux tendait la main, son chien à côté de lui. Un marchand ambulant vendait de monstrueuses sculptures en cuir, un autre des huîtres. Il pleuvait. Dans un magasin, une dame essayait une toque de fourrure. Il y avait la queue chez les chocolatiers, dans les parfumeries aussi. Tous les mêmes cadeaux. Une jeune femme en tenue de réveillon se contemplait dans le miroir, la vendeuse à ses pieds, pour les retouches. Il pleuvait. Sous mon béret, je ne sentais pas cette pluie fine. Juste un peu sur le visage. Dommage, il ne neigeait plus. La douceur avait disparu, place à la boue. Toutes ces lumières, ces passants, ces paquets, ces bruits, sous la pluie, la veille de Noël – vite, vite, courir, acheter, acheter, acheter, encore.

Je marche et tout tourne autour de moi, les mains dans les poches, j'essaie de garder le cap. Je marche droit devant, sous la pluie, dans le noir. Je veux rentrer. C'est la veillée de Noël, je suis seule. La soupe cuit, j'écris, m'arrête pour jouer avec le chat. Je regarde mes bouquets de lierre et fougère. Il fait chaud, le chat ronronne, la musique est belle. Je tire les rideaux. Il pleut toujours, le brouillard est tombé, épais. Dans la nuit, la lumière du lampadaire semble irréelle. Je suis seule, au milieu du brouillard et de la nuit, seule.

Et j'ai peur.

Petite, je mettais toujours ma main dans celle de mon grand-père, bien au chaud dans sa poche. Nous marchions ainsi tous les deux, longtemps – le Calvaire, la Croix Rouge, le lac. En chemin, on s'arrêtait au petit café des Bruyères, il prenait un rouge limé, moi un citron-limonade. Souvent, ses copains étaient là aussi, ceux avec qui on allait pêcher dans la Credogne. On prenait un panier avec de la limonade et du pain d'épices et on partait tous les deux dans la Simca grise. Juste lui et moi. On ne parlait pas beaucoup. Pas besoin. Les disputes avec mémé à cause des copains ou du vin rouge, les disputes avec mon père, on n'en parlait jamais. Juste lui et moi. Dans la voiture, sur les chemins, au jardin, à la pêche.

Je sens le tissu de son pantalon gris, de sa veste à fines rayures noires, là, sous mes doigts, la chaleur de sa poche. Et ses cheveux très blancs. Pour descendre au jardin, on prenait un chemin étroit, entre deux maisons. Il y avait un grand fût rouillé, plein d'eau de pluie, j'y trempais mon arrosoir et l'aidais à arroser les fraises. J'aimais marcher sur les planches entre les rangées de légumes, nourrir les lapins, pendant qu'il bricolait sur son établi, dans la cabane. La cabane, l'odeur des clous rouillés, la scie, la hache, le marteau, la terre battue, les vieilles boîtes de conserve remplies de pointes, la corde pour le jardin.

Ma main dans sa poche sur le chemin du Calvaire, un jour de froid. Il tirait ma luge. Des nuages nous sortaient de la bouche. La neige recouvrait le village, en contrebas. Il s'est arrêté, essoufflé. Tu es fatigué, pépé ? Non, non, ça va. Et puis un peu plus haut, à nouveau. Tu es sûr que ça va ? Et les promenades, plus rares, moins loin. Les questions à mes parents, une conversation surprise. Un champignon au poumon. C'est quoi, maîtresse, un champignon au poumon ? Et pas de réponse, jamais. Juste des visites, de loin, à l'hôpital, derrière les fenêtres hautes. Et puis un matin, ça y est, pépé est mort. Je suis partie à l'école, dans le noir. C'était l'hiver. Dans le car, par la vitre, j'essayais de voir si une ambulance ramenait mon grand-père à la maison. Je suis allée en cours, et tout le temps, tout le temps, je pensais à lui. La pêche, le jardin, le Calvaire, et ma main dans sa poche. Je ne lui avais pas dit au revoir.

Ce soir, dans le froid du brouillard et de la nuit, je sens sous mes doigts le tissu d'une veste grise à rayures noires, et ma main dans la sienne. Au chaud, dans sa poche. Et je le vois qui me sourit.

ENVIE D'AMOUR

Aujourd'hui est un jour flottant, lent et douillet, coussins moelleux, sofa, gros pull de laine, Russian Earl Grey, très paresseux. Un jour qui coule, lentement, sur des accords de baroque espagnol. Nostalgique et doux, tendre et mélancolique, sur un fond d'angoisse tout enfantine. Diffuse, elle est là, la petite musique de l'enfance, si familière. Je l'ai sentie revenir ce matin, dès le réveil : une drôle d'impression, une envie de chaleur, de bras autour de moi, de mots à mon oreille, de mains dans mes cheveux.

Je me suis laissée couler dans cette petite pluie de l'âme, au chaud, dans le lit, un long moment, entre sommeil et petits réveils. Une envie de forêt humide et chaude, d'huiles parfumées, de corps qui glissent, de soupirs, de morsures, de cris, de mots. L'envie d'un homme tout contre moi – fondre dans sa chaleur, mon corps dans le sien. Et ronronner à son oreille, le masser, le caresser, le choyer, le chérir, l'aimer. Tout entier. Mon pacha, mon prince, mon roi. Mon sultan.

Quand j'ai ouvert les volets, il pleuvait. Doucement, à grosses gouttes. Le chat me regardait : pas envie de sortir lui non plus. Rêve-t-il d'amour, parfois ? Une journée tous les deux – ronrons et câlins. Une journée à écrire – de petites bouteilles à la mer dans les gouttes de la pluie. Pour le sultan de mon cœur.

Envie de loukoums et de thé à la menthe, de drapés soyeux, de cachemire, d'épices, de soleil. Envie de gouttes sur la peau, dans la moiteur du hammam – le marbre blanc, les mosaïques, le corps des autres femmes, la pénombre. Envie d'amour.

Envie de campagne, de jardins anglais, de fleurs folles, de coquelicots, de bleuets, le vent sur la peau, nue dans les herbes hautes sous le soleil de printemps. Envie d'amour.

Envie de bougies sur la table, de couronnes de lierre, de bouquets de fougères, de cristal et porcelaine, de délicats arômes, de plats savoureux, de vins rares – la maison qui embaume. Envie de petits déjeuners au lit, de baisers, de caresses. Envie d'amour.

Envie de promenades à dos d'éléphant, de lits à moustiquaire, de chapeaux blancs, de maison seule au bord de la mer. Envie de cirés jaunes et de bottes, de vent et d'embruns, d'écharpes et de feu de bois. Envie de lecture, à l'ombre, de sieste, de fauteuils dans le jardin. Envie d'amour.

Par la fenêtre, je regarde la rue. Les trottoirs sont couverts de feuilles mortes, les passants se pressent sous leur parapluie. Le ciel est gris, presque blanc. L'eau sous les roues des voitures fait une belle musique – une mélodie mouillée. La pluie n'est pas terne, je ne l'avais jamais remarqué. Elle fait tout briller : les toits, les feuilles, les rues, les parapluies. Les mots aussi. La pluie coule, goutte, mouille, luit. Je coule dans cette pluie, je suis une goutte d'eau et je plonge jusqu'à lui, le sultan de mon cœur. Et je l'épouse dans l'alcôve du ciel blanc.

SOUS LA MOUSSE

Dans le reflet du miroir, je vois mon ventre, mon sexe, mes seins, et ma main qui glisse. Mon corps mousse sous le savon.

Il y a longtemps que je ne m'étais pas regardée comme cela. Je m'étais endormie. Chaque nuit, sous la couette, dans mon corps de coton. Chaud, douillet, tendre. En paix avec lui, enfin. Mon corps ami. Souple, délié, lavé. Lavé des erreurs passées. A l'abri, ouaté, emmitouflé. Libre, enfin.

Dans le reflet du miroir, mes mains glissent doucement. Mon corps se réveille. Il est beau et doux, très doux. Je l'ai frotté, huilé, massé, pansé, de longs mois. De longs mois. Ma peau est belle et souple. Prête. A sentir, à s'ouvrir, à s'offrir. A des yeux d'amour, à des doigts d'artiste, à des lèvres folles. Mes doigts glissent entre les orteils, remontent le long de ma jambe, en suivent les courbes, lentement, caressent mon ventre. Ferme, doux, rond. Un ventre de femme. Un ventre qui porte, nourrit, aime, fleurit. Doucement, tendrement, mes mains lavent et moussent. Je les sens aimantes, douces, libres. Des mains papillons qui se posent et butinent.

L'eau coule et emporte la mousse. Les grains de poussière font des vagues dans la lumière. Il fait chaud, je suis bien. Je n'arrive pas à refermer le robinet. Je voudrais rester ainsi encore longtemps, à regarder dans le miroir. Je voudrais y voir mes mains sur les fesses d'un homme, remontant lentement le long de son dos, glissant sur ses jambes. Je voudrais sentir sous mes doigts la douceur de sa peau mêlée à celle du savon, la caresse de l'eau sur nos bouches, son sexe plein de désir tout contre mon ventre, nos corps qui se mêlent, s'enlacent, se fondent dans la chaleur de l'eau, sa langue sur ma nuque, mes épaules, dans moi, son ventre sous mes doigts, l'eau qui ruisselle dans ma bouche, la chaleur de son sexe, nos corps qui glissent, longtemps, très longtemps, une grande serviette, un peu rêche, mes mains qui frottent et sèchent, lentement, tout son corps, et nous, serrés, liés, fous, unis, entre des draps frais. Tout le jour, toute la nuit.

LES CHEVEUX RAIDES

J'avais la joue bleue jusqu'à l'œil. J'ai gardé le nez dans mon écharpe tout le temps. Je ne voulais pas manger.

Je n'étais pas une jolie petite fille. Et pour toi, mon grand, ce sera quoi ? Je n'allais plus faire les courses pour ma mère. Un livre à lire, ma chambre à ranger, pas le temps. Ma sœur y allait. Elle avait de longs cheveux bouclés, aucun risque.

Dans la cour de récréation, en jouant aux billes, Manuela m'a fait tomber. Je ne l'ai pas dénoncée. Un petit trou, au-dessus de la lèvre, une joue énorme. Et Marc, au premier rang, qui se retourne vers moi. La surprise sur son visage. Et moi, toute petite à mon pupitre. Mon père est venu me chercher, ça faisait drôle de le voir dans la classe. La maîtresse m'a souhaité de bonnes vacances. Tous les autres me regardaient. Et puis il a fallu aller au restaurant, pour la friture, au bord de la Credogne. C'est pas grave, tu es toujours aussi jolie.

Sauf que pépé était le seul à me le dire.

Les cheveux trop raides, les épis, les minivagues ou les permanentes pour les friser, absolument. Les séances de coiffure dans le salon, quand les clientes étaient parties. Moi, sur un coussin pour être plus grande, un peignoir rose, une serviette bleue. Et l'espoir, à chaque fois, enfin, et puis, tu sais, avec tes cheveux ! Une fois, même, une coupe au carré, surtout pas plus long, impossible. Un carré très court, au-dessus des oreilles, bien gonflant. Je suis partie dans ma chambre en pleurant. Et puis, tu sais, tu manges trop de pain, tu vas devenir tellement grosse qu'un jour ton ventre va éclater. Plus de pain, de saucisson, ni de saint-nectaire. Sauf chez pépé.

Elle est au milieu de la scène. Elle porte un maillot noir à mi-cuisses et une petite tunique rayée. C'est la danse des abeilles. Elle butine, volette, sautille. Mon regard ne la quitte pas. Ses gestes coulent, ses jambes glissent, ses bras s'élèvent avec grâce. Elle tourne. Et brille.

Elle a les cheveux raides de sa mère.

Table

CET OUVRAGE A ÉTÉ ACHEVÉ D'IMPRIMER
LE SEIZE MAI DEUX MILLE DEUX DANS
LES ATELIERS DE NORMANDIE ROTO
IMPRESSION S.A.S. À LONRAI (61250) (FRANCE)
N° D'ÉDITEUR : 3694
N° D'IMPRIMEUR : 020208

Dépôt légal : septembre 2002